OPALA

UMA HISTÓRIA DA
SAGA DOS CORVOS

LIVROS DA AUTORA
PUBLICADOS PELA VERUS

A corrida de escorpião

Os garotos corvos
A SAGA DOS CORVOS, LIVRO 1

Ladrões de sonhos
A SAGA DOS CORVOS, LIVRO 2

Lírio azul, azul lírio
A SAGA DOS CORVOS, LIVRO 3

O rei corvo
A SAGA DOS CORVOS, LIVRO 4

Todos os santos malditos

MAGGIE STIEFVATER

OPALA
◆
UMA HISTÓRIA DA SAGA DOS CORVOS

Tradução
Jorge Ritter

VERUS
EDITORA

Para Sarah,
que bravamente assumiu o Assento Perigoso

Estas eram as regras. Alguns visitantes podiam vê-la, se Ronan dissesse que não havia problema, e alguns não podiam, se Ronan dissesse para ela dar uma sumida, e nenhum visitante tinha permissão para ver seus cascos.

Ela não deveria comer nada que estivesse dentro da casa a não ser que lhe fosse dado, mesmo que fosse algo que parecesse bom enquanto ela mastigava, como caixas de papelão ou utensílios de plástico. Especialmente, ela não deveria comer nada dos quartos de Adam ou Aurora, e se o fizesse seria punida. Ela não deveria chamar Ronan de *Kerah*, porque ele tinha nome e ela era perfeitamente capaz de pronunciar qualquer palavra que quisesse, diferentemente de Motosserra, que só tinha bico. Ela podia escalar quase qualquer coisa, exceto os carros, porque cascos não eram bons para o metal e também porque suas mãos estavam sempre muito sujas. Ela não precisava tomar banho, a não ser que quisesse entrar na casa, e não podia mentir sobre ter se lavado se quisesse ter permissão para subir no sofá, porque *Meu Deus, Opala, suas pernas cheiram a cachorro molhado*. Ela não podia roubar. Esconder objetos de outras pessoas contava como roubo, a não ser que fossem presentes, que você escondia e depois ria a respeito. Coisas mortas não deveriam ser comidas na varanda, o que era uma regra dura, pois coisas vivas também não deveriam ser comidas na varanda. Ela não deveria correr na estrada ou tentar retornar à linha ley sem alguém junto, o que era uma regra boba, pois a linha ley se parecia com um sonho e em circunstância alguma ela retornaria por vontade própria a um deles. Opala deveria dizer sempre a verdade, porque Ronan sempre dizia a verdade, mas ela sentia que essa era a regra mais injusta de todas, pois Ronan podia sonhar uma nova verdade para si se quisesse, e ela tinha que se ater à verdade que estava vivendo atualmente. Ela deveria se lembrar de que era um segredo.

Na maior parte do tempo não havia problema, no entanto, e Opala podia fazer o que quisesse na Barns. Sua única punição recente havia sido por causa do homem da UPS. Tinha lhe sido permitido correr para recebê-lo, desde que ela se lembrasse de fingir que seu nome era *minha priminha de Syracuse* e também de jamais esquecer de usar as botas altas e desajeitadas que Ronan tinha feito para ela. O homem da UPS tinha dentes muito brilhantes e deixava o cabelo crescer bem em cima do rosto, quase cobrindo a boca, fios mais compridos que aqueles na cabeça de Ronan e quase tão longos quanto aqueles nas pernas de Opala. Ela havia perguntado a ele uma vez como deixar um cabelo daquele crescer em seu rosto e ele havia dito para "simplesmente continuar tentando", o que Opala achou bastante gentil e encorajador da parte dele. Ela ainda gostava muito dele, mas não tinha mais permissão para recebê-lo desde que subira na cabine de sua caminhonete para pegar a caixa de biscoitos de cachorro debaixo do banco do passageiro e a foto da esposa dele colada ao lado do câmbio. Ela havia comido os primeiros até o fim e arrancado com uma mordida os olhos da segunda.

— Bom, agora ferrou — Ronan havia dito, descobrindo a fotografia após o homem da UPS ter ido embora. — Não tem como devolver para o cara. Ela teve um ataque de selvageria.

— Ela nunca foi domesticada — respondeu Adam. — Só estava com medo.

Adam não morava na Barns, para decepção de Opala. Ele era sempre carinhoso com ela e às vezes mostrava como as coisas funcionavam, e também ela gostaria de sentar no quarto escuro e observá-lo dormir.

Mas em vez disso ele ia e voltava de acordo com uma agenda que ela não conseguia entender. Nas ocasiões em que ele dormia na Barns, a maior parte das vezes era durante o dia, quando Opala tinha certeza de que seria pega espiando. Ela tinha de se contentar com cenas roubadas de relance através de portas entreabertas, visões estreitas de alguns centímetros de colchas e lençóis empilhados como nuvens de tempestade, Adam e às vezes Ronan deitados no meio deles.

Desde que o tempo esquentara, o carro de Adam estava parado na frente da casa. Diferentemente do carro de Ronan, ele repousava sobre blocos em vez de rodas, e Adam passava bastante tempo debaixo dele ou debruçado sobre o capô. Opala compreendeu que o carro de Adam deveria ser mais como o de Ronan, mas havia algo errado com ele que se chamava *calhambeque*. Ronan seguia oferecendo sonhar uma cura para o calhambeque, mas Adam insistia que consertaria "do jeito certo". Parecia um longo processo, de maneira que o carro de Ronan estava sempre ausente, pois Adam o usava em suas idas e vindas misteriosas. Às vezes Ronan partia com Adam, e eles não diziam para Opala quando voltariam porque não sabiam, eles voltariam quando fosse a hora, só estavam indo dar uma volta, não toque em nada no celeiro grande e tente pelo amor de Deus não cavar mais buracos no jardim da frente.

O celeiro grande não era o maior celeiro nos campos ondulantes secretos que se estendiam em torno da velha casa da fazenda, mas era o maior na largura. Ele era cercado por um matagal rasteiro tão áspero quanto os pelos que cobriam as pernas de Opala, e também por vacas que estavam sempre deitadas, mas nunca mortas. (Às vezes ela subia em seus lombos largos e quentes e fingia estar cavalgando em direção a uma batalha, mas elas eram tão divertidas quanto as pedras que irrompiam no campo mais próximo da mata.) Era ali que Ronan mantinha todo o seu *trabalho do momento* — que era a maneira como ele chamava dormir quando não deixava ninguém se aproximar. Ronan estava sempre dizendo para Opala não interferir nas coisas que havia dentro do celeiro grande, mas não havia perigo de ela fazer isso. Ela podia ouvir que o celeiro grande estava cheio de coisas de sonho e tinha medo.

Coisas de sonho sempre soavam como um sonho, que soava como a linha ley, que soava um pouco como o murmúrio elétrico que se ouvia debaixo de cabos de alta tensão, que soava como quando você entrava em um quarto e a televisão estava ligada, mas sem som. Era também um pouco como o zunido dentro dela que Opala podia meio que ouvir-sentir quando estava deitada tranquilamente na grama sem dormir. Coisas de sonho podiam ser objetos, como aqueles deixados para trás pelo pai de Ronan nos galpões, mas também podiam ser coisas vivas, como o veado que Ronan tinha sonhado, ou como a própria Opala.

Ronan também soava um pouco com uma coisa de sonho, mas não era exatamente o mesmo que as criaturas de sonho. Ele tinha uma animalidade em si, como Adam e o homem da UPS e as mulheres que vinham e comiam pão na mesa da sala de jantar enquanto deslizavam cartas de tarô em círculos, e o homem que uma vez dirigiu até a entrada de carros enquanto Adam e Ronan não estavam em casa, mas então deu ré e foi embora. Ronan era a única pessoa que Opala já conhecera que tinha tanto a animalidade quanto o ruído indistinto das coisas de sonho. Em um primeiro momento ela achou que isso era só porque ela não conhecia muita gente, porém mais tarde Opala percebeu que essa era parte da razão de Ronan também ser um segredo de certa forma. Opala tinha achado que esse ruído de coisa de sonho dele chamaria a atenção das pessoas, mas ninguém exceto ela e Adam parecia ouvi-lo. Adam era só animalidade, nada de sonho, mas mesmo assim parecia sintonizá-lo.

— Eu ainda consigo sentir a linha ley — Adam havia explicado para as mulheres com o pão quando elas vieram uma noite. Opala estava brincando de um jogo chamado "esconda os cascos" e estava vencendo, ao ficar de pé dentro de um pote de farinha vazio posicionado no vão da porta da cozinha. — Eu achava que não seria mais capaz de senti-la, agora que não estou mais preso à linha.

— Eu nunca estive presa a ela — respondeu uma das mulheres — e sempre a senti.

— Mas você é médium.

— Exatamente.

Adam disse estas palavras tão cuidadosamente quanto elas arrumavam as cartas na mesa:

— E *eu* sou?

— É claro — uma delas retrucou. — Você achou que tinha perdido tudo quando Cabeswater morreu?

— Sim — Adam sussurrou, e Opala sentiu um ímpeto de amor por ele. Ela o amava mais quando ele estava triste ou muito sério ou muito alegre. Algo a respeito de sua voz embargada a enchia de sentimento, e algo a respeito do vazio na expressão de Adam quando ele estava pensando profundamente dava a Opala a sensação de estar olhando para um sonho sem nada de ruim, e algo sobre quando Ronan o fazia rir tanto que ele não conseguia parar a levava a amá-lo tanto que Opala se sentia triste porque um dia ele ficaria velho e morreria, pois era isso que as coisas com animalidade faziam.

Às vezes Adam ia junto quando ela estava mexendo nos celeiros e abrigos, e os dois examinavam ancinhos e motores enferrujados e sacos antigos de ração para o gado. Opala procurava tesouros que fossem bons para comer ou bons para olhar, mas Adam procurava coisas de sonho. Opala se sentia ao mesmo tempo fascinada e aterrorizada por essas caçadas. Ela não conseguia parar de remexer as pilhas de tralhas, sabendo que poderia encontrar uma coisa de sonho por acaso. Quando encontrava, ela se afastava com uma emoção deliciosa de medo a impulsionar seu coração. Não é que essas coisas fossem perigosas. Embora às vezes fossem — Opala havia encontrado uma chaminha ardendo eternamente debaixo de um trator velho em um dos celeiros, e descobriu da pior maneira possível que aquilo era bem quente se você apertasse com força. A questão é que aquele zunido de sonho era certo demais. Parecido demais com ela, de alguma forma, verdadeiro demais, grande demais. Ele lembrava Opala tanto dos sonhos de onde ela tinha vindo quanto dos pesadelos que quase haviam matado Ronan. Ele a lembrava de ter sido quase desfeita, um desfazimento negro escoando de seus ouvidos.

Mas o ruído chamava por Opala. As coisas no celeiro grande especialmente, onde Ronan fazia novas coisas de sonho. O zunido desses projetos a atraía de maneira mais persuasiva que qualquer uma das coisas que o pai dele havia sonhado. Ela não gostava desse desejo-medo dúbio. A maior parte de Opala não queria ter *nada* a ver com sonhos, e ela se ressentia daquela outra parte, muito menor, a parte que se lembrava de onde ela tinha vindo e parecia querer ter *tudo* a ver com sonhos.

Ronan havia dito a ela em que estava trabalhando no celeiro grande. Ele estava criando um novo lugar de sonho, como Cabeswater, como o lugar de onde ela tinha vindo, ela se lembrava? Sim, Opala se lembrava das árvores, as árvores temerosas, e se lembrava dos horrores noturnos, e se lembrava do chão negro e sangrento.

— Não como era no fim — ele disse irritado, como se Cabeswater tivesse sido melhor antes de seus momentos finais. Ele sempre estava morrendo em seus sonhos, ou tendo pedaços de si arrancados, ou encarando bandidos sem rosto armados. Bombas nucleares explodiam em suas mãos e peixes irrompiam de janelas para arruinar sofás e uma miríade de corpos aparecia em uma miríade de garagens. Nem todos os sonhos de Ronan eram terríveis, mas isso os tornava coletivamente piores, não melhores. Opala nunca estava preparada para quando as coisas dessem errado. Ela tinha simplesmente de temer o tempo todo.

— Ah, não faça essa cara, tampinha. Não vou fazer você viver lá. De qualquer forma, talvez você goste — disse Ronan.

Opala não iria gostar. Ela não iria para lá.

Ronan e Adam passavam mais tempo do que Opala gostaria discutindo essa nova Cabeswater. Era difícil ser um sonhador sem esse lugar, ao que parecia, pois a velha Cabeswater havia focado os sonhos de Ronan e melhorado o controle e o poder da linha ley, garantindo que ele sonhasse o que queria sonhar, em vez de algo que ele chamava de *observação noturna inútil de umbigo*. A linha ley era a parte que mais interessava a Adam, fazendo-o usar palavras com arestas, como *condutores* e *eficiência* e *análogos*. Ronan estava mais interessado em fazer chover. Ele estava muito preocupado com o conceito de ter uma área na nova Cabeswater onde sempre houvesse aquele tipo de chuva que faz você se sentir feliz e triste ao mesmo tempo, e também estava interessado em ter uma área que não fosse uma merda. Ele parecia considerar isso seu dever fundamental: sonhar algo que não fosse uma merda. Embora Opala achasse que Ronan era bom em sonhar — afinal de contas ele havia sonhado Opala, e ela era incrível —, ele reclamava muito disso.

— Não consigo ter tudo na cabeça ao mesmo tempo — ele tinha dito uma vez. — Como eu quero que seja. Não consigo criar um lugar novo sem o velho para ajudar a me concentrar. Qual é a expressão para isso?

— Autossabotagem — Adam respondeu.

— Vai se foder. Beco sem saída. É isso que eu quero dizer.

— Você sonhou com a primeira Cabeswater sem uma Cabeswater.

— Eu só preciso que não seja uma merda.

— Eu acho que existem parâmetros mais úteis. Como a quantidade de carga de sonho que o lugar pode concentrar para você *versus* a quantidade de atenção que ele atrai.

— Bem pensado, Parrish. Nós precisamos sonhar um carro novo para você, afinal de contas.

Opala, ouvindo escondida, não estava seguindo bem a ideia central da conversa — ela ainda era melhor na velha linguagem de sonho que o Ronan desperto jamais falava —, mas podia dizer que Adam gostava quando Ronan falava daquele jeito. Às vezes eles paravam de falar e começavam a se beijar, e Opala espiava isso também. Sua capacidade para o voyeurismo era ilimitada e incorrigível. Eles sempre se juntavam em momentos surpreendentes, indo do relaxado ao urgente no espaço de umas poucas respirações. Ela os observava se beijando loucamente dentro do carro e se agarrando na lavanderia e Adam abrindo o cinto de Ronan e deslizando a mão na pele dele. Com curiosidade intelectual, Opala observava costelas e quadris e braços e pernas e costas. Não sentia desejo, pois Ronan não sonhara nada disso para ela, mas também não sentia vergonha, pois ele tampouco havia sonhado isso para ela.

A única coisa que a havia feito desviar o olhar foi quando Adam encontrou Ronan uma vez no corredor do segundo andar. Ronan estava parado na frente do antigo quarto de seus pais, em uma mão uma fita cassete, a outra cerrada em punho, e ele estava lá fazia já alguns minutos quando Adam subiu a escada. Adam pegou a fita da mão de Ronan, soltando os dedos de Ronan e colocando os seus entre os dele. Por um momento Opala, escondida, achou que os dois fossem se beijar. Mas, em vez disso, Ronan pressionou o rosto no pescoço de Adam, e Adam colocou a cabeça sobre a de Ronan, e eles não se mexeram por um longo tempo. Algo a respeito disso fez Opala arder tão furiosamente que não conseguiu olhar para a cena por nem mais um segundo. Ela os deixou ali com um ruído de maneira que eles soubessem que ela estava observando. Então saiu para explorar a mata.

Opala vinha fazendo isso cada vez mais desde que fora tirada dos sonhos. Ela chamava esses dias de exploração de dias animais. Dias animais em um mundo animal. Diferentemente de um sonho, o mundo animal era estrito. Ela gostava disso. O mundo animal tinha regras rígidas, e, uma vez que você aprendesse essas regras, ele era muito menos surpreendente que um sonho, que podia mudar a qualquer momento. No mundo animal, as pessoas não podiam subitamente voar. Rostos não giravam para trás de crânios sem aviso. Os campos em torno da Barns jamais mudavam para uma pradaria estranha ou um shopping antes que você pudesse chegar à garagem. Carros nunca viravam bicicletas. Arco-íris não saíam de caixas de cereal, e torneiras nunca jorravam lava. Coisas mortas jamais ressuscitavam. O tempo seguia em uma linha reta tediosa e agradável. Essas eram as regras que mantinham o mundo animal pequeno e administrável.

Isso deveria ter tornado o mundo animal mais enfadonho, só que, em vez disso, Opala se sentia mais corajosa dentro dele. Ela ia cada vez mais longe da casa da fazenda semana após semana. Nem sempre voltava quando o sol se punha. Não; ela cavava buracos nos campos e se deitava neles ou fazia para si ninhos de almofadas roubadas de móveis do jardim. Dessa maneira, Opala expandia continuamente seu território sem se perder, às vezes chegando ao limite mais distante da mata, onde havia um lugar que cheirava a gasolina. Ela gostava bastante desse lugar. Gostava de observar o que as pessoas faziam quando achavam que não estavam sendo observadas. Às vezes elas apertavam o botão da gasolina premium e observavam a contagem dos números na tela. Às vezes limpavam o para-brisa com um líquido cheiroso que ela tinha vontade de beber. Às vezes ficavam sentadas em seus carros chorando baixinho. Era o que ela mais gostava de ver, pois era algo raro, e Opala se deu conta de que adorava coisas raras.

Às vezes, tarde da noite, quando ela se arriscava a roubar um gole das latas de sabão de para-brisas, uma pessoa ia até a porta do prédio e gritava "O que, o que é aquilo?", e ela tinha de se mandar para trás do prédio, rastejando e saltando em meio às latas de lixo. Em noites como essas, Opala corria todo o caminho de volta até a Barns com o coração batendo desordenado, pois ela deveria ser um segredo e se tornava um pouco menos secreta do que era apenas instantes antes.

Ser vista desse jeito também a lembrava de que ela havia quebrado as regras do mundo animal. Fora dos sonhos, não havia garotas com pernas peludas e cascos (embora Opala achasse que deveria haver, pois ambos eram muito práticos para andar na vegetação rasteira). Por causa disso ela era um segredo, e para sempre deveria ser um segredo.

Ela se amuou com isso. Opala rasgou uma pilha de revistas antigas sobre carros na sala de estar e sentou sobre a ruína delas, e, quando Ronan chegou em casa e perguntou *que diabos há de errado com você, sério*, ela disse que estava cansada de ser um segredo.

— Não estamos todos?! — ele disse.

Então Ronan a fez limpar todo o papel úmido e grudento e em seguida a obrigou a passar um pano no chão, pois parte da tinta de impressão havia passado para a madeira por causa do cuspe dela, e então a fez levar o lixo para fora *mais* o lixo da cozinha sem nem deixá-la remexer nele primeiro. Quando Opala finalmente terminou e estava brava em vez de entediada, ele disse:

— Eu sei que você está entediada. Quando eu sonhar a nova Cabeswater, vai ser um lugar bem maior e mais legal para você brincar. Não vai ser como simplesmente ficar por aqui.

O coração de Opala saiu como um sapo pela garganta e escapou pelo corredor. Ela balançou a cabeça e depois de novo, e então, como ele não disse nada, balançou um pouco mais.

— Talvez você mude de ideia — disse Ronan.

Opala balançou a cabeça ainda mais.

— A sua cabeça vai acabar caindo do pescoço e a culpa vai ser só sua.

Isso fez o coração de Opala correr para ainda mais longe antes que ela se lembrasse de que, pelas regras do mundo animal, a cabeça dela não poderia simplesmente cair do pescoço.

— As coisas só vão ficar mais chatas. Nós nem sempre vamos estar por aqui, especialmente no fim do ano — acrescentou Ronan. — Não fique aí me encarando. Sabe de uma coisa? Vá lá para fora e cave um buraco ou algo assim. E fique longe do celeiro grande.

Opala não ia entrar no celeiro grande. E não ia mudar de ideia. E nem sempre era chato na Barns.

Na realidade, teve um dia que não foi nem um pouco chato.

Ronan e Adam saíram juntos no carro de Ronan, e uma mulher que Opala nunca tinha visto apareceu na casa. Ela tinha cabelos escuros e pele clara com olhos azul-claros furiosos que Opala em um primeiro momento achou que fossem brancos, exceto pelas pupilas. Ronan não estava lá para dizer a Opala que não havia problema se a visitante a visse, então ela se escondeu e observou a mulher caminhar furtivamente pela névoa até a porta dos fundos. A estranha forçou a maçaneta, que balançou a cabeça dizendo não, mas então ela abriu a bolsa e fez outra coisa com a maçaneta e a porta disse sim e se abriu para ela.

A mulher entrou na casa e Opala se apressou em segui-la. Ela não conseguia caminhar tão rápido quanto queria, pois cascos faziam barulho no chão de madeira, então teve de se ajoelhar e engatinhar. Para sua surpresa, assim que se aproximou, ela pôde sentir que tinha algo de sonho na mulher. Ela não era completamente de sonho — na realidade, parecia ser bem pouco. Na maior parte ela era animal. Era a primeira pessoa que Opala havia encontrado, além de Ronan, que compartilhava dos dois.

A mulher se demorou caminhando pelos corredores, olhando as fotografias nas paredes e abrindo gavetas. Parou na frente do computador em que Ronan vinha fazendo grande parte de seu trabalho ultimamente, quando não estava dirigindo o carro em círculos amplos enlameados no campo nos fundos da fazenda. A mulher clicou o mouse várias vezes e então folheou o caderno cheio da escrita de Ronan que ele usava como apoio para o mouse. Opala não sabia o que estava escrito ali, pois não havia aprendido a ler e não estava interessada, mas a mulher parecia muito interessada. Ela se demorou ali antes de seguir para o quarto ao lado.

Opala estava tomada da ansiedade de sentir que deveria impedir a mulher de andar por ali, mas também da ansiedade de saber que não devia ser vista. Ela desejou que Ronan e Adam voltassem, mas eles não voltaram. A mulher foi até o quarto de Aurora, onde Opala não tinha permissão para comer nada, e abriu todas as gavetas e olhou em todas as caixas. Para alívio de Opala, a mulher não comeu nada, só sentou na beira da cama e olhou para o retrato emoldurado dos pais de Ronan por um longo tempo. O rosto dela não parecia exibir expressão alguma, mas por fim ela disse para o retrato:

— Malditos sejam.

Esse era um xingamento que Opala não devia dizer (mas às vezes dizia para as vacas adormecidas, em um sussurro, para ver se o choque as despertava). Então a mulher deixou a casa da fazenda e começou a explorar a garagem e os outros galpões.

À medida que ela se aproximava do celeiro grande, a ansiedade de Opala rosnava cada vez mais alto. Ronan não estava em casa para impedir que a mulher tocasse ou pegasse ou comesse o que quer que ele tivesse feito no celeiro grande, e, mesmo que Opala fosse forte o suficiente para detê-la, ela deveria ser um segredo. A mulher avançou a passos largos pela relva úmida até o celeiro grande, zunindo com suas próprias coisas de sonho, e Opala arrancou nervosamente punhados de grama do chão, em guerra consigo mesma. Ela sussurrou para Ronan e Adam voltarem, mas nenhum dos dois voltou.

Pela primeira vez na vida, Opala estava furiosa por estar no mundo animal em vez de no mundo de sonho. Nos sonhos, Ronan estava sempre se metendo em encrencas, e, embora ele morresse frequentemente, tão frequentemente quanto Opala o salvava, porque ela era uma coisa de sonho incrível e um psicopompo (que é o nome adequado para uma coisa de sonho incrível). Como psicopompo, às vezes ela podia modificar o sonho, ou convencer Cabeswater a intervir em favor de Ronan. Mesmo se o sonho ruim fosse intenso demais para Opala modificar, ela ainda podia resgatar Ronan do perigo obrigando as coisas nos sonhos a fazerem coisas que elas não teriam pensado em fazer sozinhas. Ela podia transformar uma pedra em cobra e jogá-la em um monstro, ou tirar uma espada de um punhado de terra, ou fazer uma jangada da tristeza de Ronan quando ele estivesse se afogando na areia movediça. Não havia regras nos sonhos, então você podia tentar qualquer coisa.

Mas o mundo animal era cheio de regras, e todas elas tornavam as coisas menores e mais previsíveis. Opala não tinha poder aqui.

A mulher tentou convencer a maçaneta do celeiro grande a dizer sim para ela, mas essa porta não concordou com ela tão facilmente quanto a da casa da fazenda. Ronan havia projetado um objeto de sonho do outro lado para que a porta dissesse não para o maior número possível de pessoas, não importava o que elas trouxessem na bolsa. Mas essa mulher tinha em si tanto uma coisa de sonho quanto um traço animal, bem como Ronan, e Opala não sabia se isso significava que ela conseguiria entrar uma hora ou outra.

Se pelo menos fosse um sonho, ela poderia puxar a ponta do campo e sacudi-lo como um tapete. Ela poderia gritar para a mulher ficar cega. Ela poderia bater palmas até que um buraco aparecesse para ela cair dentro.

Mas as *regras*.

Mas espere.

Em um momento de súbita inspiração, Opala se deu conta de que tinha uma maneira de mudar os sonhos de Ronan no mundo animal. Ela correu para a mata e pegou todos os veados, corças, texugos e raposas de Ronan, todos eles zunindo e cantando como a linha ley aos ouvidos de Opala, e então os guiou pelo campo. Eles galoparam, corcovearam e desceram até o celeiro grande. Não era fácil guiá-los. Quando eles saíam da fila, Opala tinha de morder os tornozelos dos animais maiores e chutar as raposas e os coelhos. Todos faziam um enorme alarido. A mulher ergueu a cabeça a tempo de ver que seria morta — Opala não tinha a intenção de matá-la, é claro, embora a caminho ela tivesse se dado conta de que era uma possibilidade, e, se acontecesse, Opala já havia decidido onde enterrar a mulher de maneira que as flores selvagens cobrissem o buraco. Com uma corrida desajeitada e sem prática, a mulher voltou para a entrada da casa e bateu a porta do carro bem a tempo para que os animais menores se jogassem sobre o capô e se dispersassem.

Opala se sentiu um tanto ofegante à medida que a ansiedade a deixava, lentamente substituída por uma sensação de vitória. Ela tinha conseguido. Ela realmente tinha conseguido.

Mas então, terrivelmente, a mulher ergueu o olhar atrás do volante do carro.

Aquele não era um dia de sonho. Era um dia animal. Isso significava que ninguém acordava quando a vitória era conquistada. O sonho não desaparecia, o cenário não mudava, a cortina não caía. A mulher ainda estava ali, e as criaturas ainda estavam ali, e Opala ainda estava ali, e assim, quando a mulher ergueu o olhar, foi bem a tempo de mirar Opala nos olhos enquanto ela estava parada em meio ao rebanho. Havia começado a chover um pouco, o tipo de chuva que fazia você se sentir feliz e triste ao mesmo tempo, um misto de garoa rápida e luz prateada em movimento. Opala havia perdido uma das botas na correria, e, embora suas pernas peludas estivessem na maior parte escondidas pela relva e pela bota restante, mesmo assim ela sentiu a alfinetada de que a mulher estava olhando para ela e vendo as coisas de sonho dentro dela também. Isso era tão contra a regra, a regra de ser um segredo, que Opala não conseguiu se mexer, apenas mostrar os dentes maldosamente para a mulher.

A mulher arrancou com o carro e foi embora.

Opala jamais contou a Ronan e Adam sobre ela. Era humilhação demais admitir que tinha sido vista. Já fazia bastante tempo desde a última vez que havia sido punida.

Por superstição, Opala começou a sair para explorar nos dias em que Ronan e Adam não estavam na fazenda. Se não ficasse em casa para ver, ela achava, nenhuma mulher estranha voltaria, e ela não teria de decidir se deveria ou não intervir. Tão logo as portas do carro se fechavam e o som do motor morria, ela saía. Às vezes Opala saía para explorar mesmo com Ronan em casa, se ele estivesse trancado no celeiro grande, onde ela não conseguia vê-lo.

Ela saiu para explorar primeiro o lugar com cheiro de gasolina, mas, depois de um tempo, Opala percebeu que o apelo passou assim que ela aprendeu as regras de lá. Toda a mesmice se tornou chata, e assim ela começou a ir cada vez mais longe, perto do limite da mata. Lá ela encontrou uma nova coisa favorita para observar, que era um banco junto a um córrego. Era um bom córrego, com margens agudas, água escura e uma corrente interessante. A relva e o musgo cresciam até juntinho da água, e às vezes aparecia um peixe ou uma sacola plástica flutuando de um jeito pitoresco no córrego, e o banco havia sido colocado em uma curva, onde a água às vezes corria branca e espumosa. O banco era ocupado por pessoas diferentes em momentos diferentes e eram todas legais. Mas a favorita mesmo de Opala era uma pessoa que voltava repetidas vezes, sempre no mesmo horário do dia, exceto quando chovia. Era uma mulher fofa em forma de nuvem com um cabelo fofo cor de nuvem, e ela sempre vinha para o banco trazendo um livro e comida. Nunca era o mesmo livro. Eram sempre grossos e com o formato de tijolo, e as capas sempre traziam a imagem de homens que pareciam não ter camisa ou outras posses. Às vezes tudo que eles pareciam ter era outro homem, ou às vezes uma moça, ou às vezes ambos, que eles abraçavam bem forte. A comida também nunca era a mesma. Às vezes eram coisas que faziam um ruído crocante, curto e rápido, e às vezes o ruído lembrava um cacarejar suave, e às vezes eram coisas que não faziam ruído algum, fora o "ahh" satisfeito da mulher nuvem após ela ter terminado de comer. Opala gostava de observar as comidas e os livros e a satisfação da mulher nuvem com ambos. Lembrava um pouco um sonho, na maneira como a felicidade dela era tão grande que o sentimento atravessava todo o caminho entre o córrego e onde Opala estava escondida. Era agradável. Era uma cena para onde ela gostava de voltar muitas vezes. Além disso, o banco era perto o suficiente para ela poder retornar à Barns todas as noites sem ter de fazer um ninho, o que era útil, pois chovia quase todas as noites.

Em um dos trajetos de volta após observar a mulher nuvem, Opala encontrou Adam. De maneira chocante, brilhante, ele parecia estar chegando à Barns a pé. As pessoas não chegavam à Barns a pé. Elas chegavam em carros que a deixariam esmagada no chão e não se sentiriam culpadas por isso, então era melhor sair do caminho, de acordo com Ronan. Mas ali estava Adam apenas com suas pernas, aparecendo lentamente através da névoa que descia ondulante pelo túnel escuro de árvores até a estrada. Opala ficou encantada ao vê-lo se deslocar do mesmo jeito que ela. Ela o encontrou a meio caminho da longa entrada de carros e brincou ao seu redor enquanto ele punha um pé na frente do outro e a última luz do entardecer os coloria. Ele não disse nada quando Opala segurou sua mão e então dançou em volta dele para pegar a outra mão.

Ronan pareceu menos empolgado ao descobrir a maneira inventiva de se deslocar de Adam.

— Que diabos, Parrish? Eu estava quase saindo para te buscar. Quem deu carona para você?

— Eu vim andando.

— Ha ha. — A risada de verdade de Ronan não soava como um *ha ha*, mas essa não era sua risada de verdade. Quando Adam não explicou a piada, ele disse: — Andando. De onde?

— Do trabalho. — Adam tinha parado de brincar e em vez disso tirou os sapatos e então as meias antes de sentar à mesa redonda na cozinha.

— Do *trabalho*. Que. Diabos. Eu falei que ia te buscar.

— Eu precisava andar. — Adam apoiou a cabeça na mesa.

Enquanto Ronan colocava água da pia em um copo e o punha na mesa como se fosse abrir um buraco na madeira, Opala entrou embaixo da mesa para cutucar os pés descalços de Adam. Pernas que terminavam em pés eram estranhas e interessantes para ela. Os pés de Adam eram longos e sem pelos e pareciam vulneráveis. O osso de seus tornozelos se projetava como os ossos do punho, como se seus pés fossem mãos muito estranhas. Ele tinha fiapos da meia escura grudados na pele, e eles saíram como um único fio quando Opala os esfregou.

— Não foi o único lugar que você tentou — disse Ronan, continuando uma conversa anterior.

— Mas era o que eu mais queria. Opala, *para*.

Ronan enfiou a cabeça debaixo da mesa e cruzou o olhar com o dela.

— Pelo amor de Deus. Arrume um pote e vá lá fora pegar vinte vaga-lumes. Não volte até ter pegado os vinte.

Ela foi lá para fora. Havia um monte de vaga-lumes na luz que caía, mas Opala não era boa em mantê-los no pote enquanto pegava novos vaga-lumes, então levou um bom tempo. Não voltou para dentro quando terminou, pois, a essa altura, Adam e Ronan tinham saído da casa — Adam primeiro, de cabeça baixa, caminhando rápido, as mãos enfiadas nos bolsos, os pés ainda descalços, sem olhar para trás, e então Ronan, parando para vestir a jaqueta apressadamente antes de segui-lo. Ronan chamou o nome de Adam duas vezes, mas Adam não se virou nem respondeu, nem mesmo quando Ronan o alcançou.

Os dois subiram em silêncio o caminho de terra na direção de um dos celeiros nos campos mais acima. Mal podiam ser vistos no escuro. As árvores que cercavam o vale já estavam mais escuras que a escuridão.

— Talvez eu não consiga ser admitido em nenhuma delas — disse Adam. — Talvez não tenha servido para nada.

— Pode ser. Nesse caso você faz uma lista nova.

— Você não entende. Eu perderia um semestre, a não ser que eu tentasse entrar ao longo do ano, e isso atrapalharia completamente o auxílio financeiro. Olha, eu não espero que *você* se importe com isso. — Logo depois de dizer isso, Adam falou em uma voz diferente: — Estou sendo um babaca.

— Está. E um reclamão também. Onde estão seus sapatos?

— Ainda debaixo da mesa.

— Opala, você poderia ir pegar para ele?

Opala não poderia, pois era chato demais voltar para a casa quando eles estavam ali fora emocionantes no escuro. O que ela *poderia* pegar para eles era aquele pote com vinte vaga-lumes, que ela soltou na cara de Adam conforme galopava passando por ele. Ele recuou enquanto Ronan apreciava a cena.

— Ela é tão útil — disse Adam. Opala se envaideceu.

— Eu sei. Espere um pouco. — Ronan parou para tirar os próprios sapatos e enfiar as meias dentro deles. Deixando-os no caminho, ele continuou ao lado de Adam, os pés descalços combinando. Todas as suas criaturas de sonho estavam lentamente começando a se reunir nos campos, mais som do que algo para ver na escuridão. Opala achava esses animais cada vez mais idiotas. Eram criaturas simples, não tão incríveis quanto ela. Mas, seja como for, Ronan parecia gostar deles. Opala estava um pouco preocupada com o que eles contariam a Ronan sobre a mulher que tinham perseguido, mas então lembrou que as coisas não funcionavam desse jeito no mundo animal. De qualquer forma, quando as criaturas viram que Ronan não tinha balde algum na mão e que Opala estava próxima, se mantiveram distantes, pastando a relva ou remexendo a terra.

Adam e Ronan só pararam de caminhar quando chegaram ao campo bem nos fundos da propriedade. Adam nunca estava lá quando Ronan saía para dirigir em círculos ali e pareceu surpreso ao ver o que Ronan tinha feito com a paisagem. Ele olhou fixamente para a relva amassada e as marcas de pneus enlameadas por um longo tempo, sem dizer nada. Possivelmente estava se sentindo excluído. Opala havia ido com Ronan uma vez quando ele dirigiu no campo, não porque quisesse andar no carro, mas porque não gostava de ser deixada de fora das coisas. A experiência tinha sido turbulenta e ruidosa. O carro reclamou o tempo inteiro, e o aparelho de som cantava junto em chilreios eletrônicos. Ronan havia dito para Opala que ela não tinha mais permissão de ir com ele depois que ela passara mal atrás do banco do passageiro, mas ela percebeu que não se importava. Preferia ser deixada de fora.

— Você vai ser admitido em uma das outras — Ronan disse para Adam finalmente. — Não vai precisar fazer outra lista. Não vai ser o que você imaginou, mas vai ser tão bom quanto.

— Me lembre disso depois.

— Pode deixar.

Adam parecia um pouco menos chateado. Ele cutucou um torrão de barro com um dos dedos do pé.

— A nova Cabeswater vai ter um lugar para fazer isso?

Adam não estava olhando para Ronan, por isso não viu a expressão complicada que passou pelo rosto dele, mas Opala viu.

— Vai ter de tudo um pouco — disse Ronan. — Estou vivendo o sonho.

Isso fez Adam rir, e então ele expirou longamente. Parecia bem menos chateado agora. Os dois deram as mãos e tudo ficou menos interessante. Opala esperou para ver se haveria mais vozes elevadas ou discussões sobre a utilidade dela, mas eles seguiram quietos até virar as costas para retornar à casa da fazenda. Então a única coisa que disseram foi como seus pés estavam doloridos e sujos, o que não teria sido um problema se eles tivessem sido feitos com cascos.

O verão chegou. O verão deixava as coisas quentes, e tanto Adam quanto Ronan fediam mais, embora não parecessem notar ou se importar. Ronan começou um incêndio acidental em um dos galpões menores, e, apesar de ter começado com gritos, terminou cheio de alegria e frenesi, com os dois jogando coisas no fogo enquanto a música galopava ao fundo. O carro de Adam deixou os blocos e quase imediatamente retornou a eles. Havia muitos camundongos, que Opala gostava de pegar e ocasionalmente comer. A mulher nuvem continuou a trazer livros e comida para o banco junto ao córrego, e também trouxe uma maleta com tubos que entravam em seu nariz, o que era interessante e fez Opala enfiar coisas no nariz por alguns dias depois que viu aquilo pela primeira vez. Adam pôs para funcionar de novo uma das velhas escavadeiras da família Lynch e cavou um buraco estrategicamente posicionado em um dos campos. Uma fonte natural começou lentamente a enchê-lo, e uma mangueira artificial terminou o trabalho; os garotos tiravam as roupas e pulavam no corpo d'água nos dias mais quentes. Opala não queria nadar, mas Adam lhe ensinou até ela perder o medo, e então Ronan jogava objetos que boiavam para ela ir buscar, até que ele cansou de ficar à margem. Ele havia sonhado para si um par de asas negras esfarrapadas que não o sustentavam direito e agora as usava como trampolim temporário, deixando-as levantá-lo uns dois metros acima da água antes de largá-lo com um estrondo enlameado. Opala flutuava de costas e batia as pernas, como Adam havia ensinado, enquanto os garotos se seguravam um no outro na água e então se separavam. O calor no ar fazia tudo cheirar e se parecer mais consigo mesmo. Tudo era muito bom.

O verão tinha uma animalidade em si, no entanto, como os seres humanos, e assim ele também morreria um dia.

O fim do verão foi bom e ruim. Bom: Adam inventou um jogo com bola que usava tacos de críquete mas era melhor que críquete, e Ronan jogava com ela às vezes enquanto a fumaça da grelha flutuava e fazia as roupas dele terem um cheiro delicioso. Ruim: Ronan e Adam tinham mais e mais conversas sobre se encontrariam ou não uma cura para o calhambeque antes que Adam partisse no outono e se Adam deveria ou não simplesmente pegar o carro de Ronan. Embora a própria Opala desse sempre suas voltas, ela não gostava da ideia de Adam ir para algum lugar, porque ele poderia ficar velho e morrer antes de voltar. Bom: Ronan passou menos tempo no celeiro grande fazendo coisas de sonho e mais tempo reparando outros galpões, limpando a casa e digitando no computador que a mulher tinha olhado, o que significava que Opala muitas vezes tinha dias inteiros em sua companhia, tendo de compartilhá-lo apenas com a Motosserra, de quem ela se ressentia enormemente e às vezes sonhava acordada em comê-la. Ruim: duas vezes Ronan recebeu uma ligação do seu amigo Gansey e em ambas não disse uma palavra ao telefone, apenas ouviu a tagarelice exaltada do outro lado e soltou rosnados em resposta. Nas duas ocasiões, depois Ronan foi se deitar, uma vez em seu quarto e outra no quarto de Aurora. Da primeira vez ele ficou calado por um longo tempo, e da segunda segurou a fotografia dos pais e chorou um pouco sem fazer ruído algum.

No fim do verão, Opala não conseguia se lembrar da última vez que Ronan estivera no celeiro grande. O ruído das coisas de sonho nele soava diferente, mais arranhado, como ela tinha ouvido havia muito tempo, quando ainda era um sonho.

Uma vez Adam perguntou:

— Você vai fazê-lo antes de eu ir embora?

E Ronan respondeu:

— Não se eu não conseguir chuva.

Adam começou a dizer algo, então apenas falou "Que seja" e deixou o assunto de lado.

Eles saíam mais para longos passeios de carro e Adam ficava na Barns mais do que nunca, mas Opala sabia que isso era somente porque ele estava prestes a ir embora por um longo, longo tempo. Ela andava enfurecida e roubou tudo dos armários da cozinha e enterrou no campo de cima, onde pretendia colocar o corpo da mulher de sonho se fosse necessário. Quando Ronan e Adam voltaram e disseram que aquilo era inaceitável, Opala mordeu Adam e fugiu correndo.

Ela estava tomada por um sentimento tão ruim que não sabia o que fazer. Queria que Ronan e Adam se sentissem tão mal quanto ela. Queria quebrar as regras. Queria quebrar *qualquer coisa*.

O celeiro grande apareceu diante dela, escuro e pesado à noite. Quando foi se desviar dele, Opala se sentiu, como sempre, ao mesmo tempo atraída e repelida pelo que ele continha. Todas as noites antes desta, a repulsão tinha vencido. Esta noite, no entanto, ela pensou na regra de não entrar no celeiro grande e pensou que era uma regra antiga e enorme, e seria uma satisfação e um barulho tremendos desobedecê-la.

Ocorreu a Opala que ela poderia quebrar tudo que encontrasse lá dentro também.

A porta do celeiro grande não diria sim para ela, mas uma janela pequena que não deixaria passar um humano disse, então ela deslizou para dentro.

Ela esperava que estivesse escuro ali, zunindo com a energia de sonhos, mas o ambiente ofuscava com pequenas surpresas de luz enfiadas nos cantos e pairando perto do teto, e qualquer zunido de energia de sonhos era abafado pelos urros de seus pulmões ansiosos e as batidas de cascos de seu coração ansioso.

O chão era de terra. As mesas estavam tomadas de papéis, vidros e instrumentos musicais. Uma obra de arte de que ela não gostou estava encostada contra a parede. Uma porta bem no meio do assoalho se abria para revelar outra porta. Um alçapão fora deixado aberto em pleno ar, e do outro lado havia o céu azul. Metade de um laptop estava amontoada em cima de um telefone do tamanho de um bloco de concreto. Opala não encostou em nada. Agora que as batidas do seu coração estavam um pouco mais tranquilas, o zunido das coisas de sonho se elevou para assumir seu lugar. O medo oscilava dentro dela enquanto Opala andava furtivamente e examinava o celeiro com as mãos nas costas e os cascos se arrastando na terra. Aquilo lembrava demais estar dentro da cabeça de Ronan de novo. Crua, sem forma e sem regras. Caminhar em meio àquelas coisas de sonho era como caminhar por uma lembrança, recordando-se do país conturbado em que ela crescera.

Ela podia dizer que fazia bastante tempo que Ronan não sonhava. Todos aqueles objetos estavam ali havia semanas e semanas. Nada tinha o zunido alto e persistente dos objetos recentemente sonhados. Havia apenas o silêncio monótono de um velho celeiro e, ao fundo, o barulho de água pingando. Ele a atraiu mais que qualquer coisa, e assim Opala abriu caminho silenciosamente em meio às coisas até encontrar sua origem.

Era uma grande caixa de plástico. Ela podia dizer que a caixa em si não era uma coisa de sonho. O conteúdo, sim. Mesmo de longe, o conteúdo parecia feliz e triste, enorme e pequeno, cheio e vazio. Era como o sentimento de felicidade da mulher nuvem no banco, mas multiplicado muitas vezes, e ela sabia que os sentimentos em si eram coisas de sonho. Opala tinha esquecido a intensidade das coisas de sonho. Ela lembrava que elas não se importavam com as regras animais. Mas tinha esquecido quanto elas não se importavam.

Ela não tinha certeza do motivo de ter levantado a tampa. Ela teria pensado que tinha medo demais. Depois pensou que talvez o tivesse feito *por* ter medo demais. Às vezes as ideias ruins eram tão ruins que davam a volta toda até se tornarem boas ideias.

Os dedos de Opala tremiam enquanto ela colocava a tampa de lado.

Dentro da caixa estava chovendo.

O gotejar que ela tinha ouvido era o som da chuva se formando sem parar ali dentro, se juntando em grandes gotas nas paredes de plástico da caixa. Ocasionalmente um trovão rugia, grave e distante. A felicidade e a tristeza que Ronan tinha sonhado na chuva passaram sobre ela, e Opala começou a chorar sem nem pensar a respeito. Aquela era a chuva para a nova Cabeswater e estava ali fazia tempo suficiente para que a tampa estivesse recoberta de pó. Ele a possuíra esse tempo todo, portanto a chuva jamais fora a questão que o impedia de sonhar sua nova Cabeswater. Algo mais devia estar impedindo-o. Esse conhecimento deixou Opala mais feliz e mais triste ainda. O sentimento não parou de crescer dentro dela, a tristeza lentamente a deixando para sobrar apenas a felicidade.

Talvez tenha sido isso, além do zunido das coisas de sonho, que a fez sussurrar:

— Ori! Si ori!

Fazia bastante tempo que ela não falava a linguagem de sonho e esperava uma resposta.

E o sonho na caixa respondeu. O trovão sussurrou e a chuva sibilou, e toda a água que caía se elevou da caixa. Chovia para dentro da caixa meio metro acima dela, depois um metro, depois dois. Então Opala ergueu as mãos e não disse mais nada na linguagem de sonho, apenas pegou a chuva e a juntou em uma bola porque achou que isso funcionaria.

Funcionou. A chuva formou um chumaço como se grudasse, virando um tufo escuro que parecia uma nuvem de temporal.

Opala riu e o jogou para cima e pegou de volta. Quando o tufo bateu contra o teto, expeliu uma rajada de raios que jamais deixaram a nuvem. Ela o pegou com uma ligeira sensação de felicidade e tristeza, então o largou de volta na caixa. Após uma pausa, arrancou um pedacinho do chumaço e guardou no suéter. Não havia problema em roubar um pouco, Opala pensou, pois a maior parte ainda estava lá, e ninguém ficaria sabendo, porque ela não ia contar para ninguém que havia desobedecido à regra de não entrar ali. Ela não ia quebrar as coisas ali. Ia deixar tudo como encontrara.

— Seja chuva, está bem? — ela sussurrou para o tufo. A nuvem se dissolveu de volta na chuva feliz e triste de Ronan, e Opala fechou a tampa sobre ela. Fazia tanto tempo que ela não brincava com nenhuma coisa de sonho.

Opala bateu palmas e virou, os cascos chutando a terra, e então chamou as outras coisas de sonho no celeiro grande.

Papéis bateram asas até ela como se fossem pássaros, e ela pinçou suas asas até eles pegarem fogo, e então pinçou o fogo até ele se tornar papel de novo. Espatifou lâmpadas no chão e varreu os cacos até virarem pães inteiros e então abriu os pães e tirou lâmpadas intactas de dentro deles. Flutuou sobre livros e cantou até que as coisas de sonho cantassem de volta para ela. Brincou e brincou com todas aquelas coisas de sonho, sabendo como levar todas elas a fazerem coisas estranhas, pois ela mesma era uma incrível coisa de sonho e havia esquecido como era maravilhoso um sonho sem nada ruim.

Mais tarde, Adam a encontrou sentada no limite da floresta. Acima deles o sol havia escorregado atrás das árvores e deixado para trás nuvens róseas com a forma de facas. Ele se sentou ao lado dela e juntos os dois olharam para a Barns. Os campos estavam pontilhados com o gado adormecido do pai de Ronan e o gado desperto de Ronan. Os telhados de metal reluziam com frescor, todos eles substituídos pelo esforço renovado de Ronan.

— Você acha que está pronta para me dizer onde foi parar toda a louça? — ele perguntou.

Opala tinha punhados de relva em cada mão, mas, não importava o que fizesse com eles, a relva continuava a ser relva. Era isso o que significava estar no mundo animal. Regras eram regras. Ela se sentiu bastante desconfortável, como se todo o medo que não sentira no celeiro grande enquanto estava brincando a houvesse alcançado.

— Eu vou voltar — ele disse.

Opala arrancou mais relva, mas se sentiu um pouco menos desconfortável ao ouvi-lo dizer isso.

— Eu não quero ir, mas quero... Faz sentido? — ele perguntou. Fazia, especialmente se ela pensasse em como parte da alegria-tristeza das coisas de sonho dela poderia ter passado para Adam por estarem sentados tão próximos. — É que está finalmente começando. Você sabe. A vida.

Opala se recostou nele e ele se recostou nela, então Adam disse:

— Meu Deus, que ano. — Ele disse isso com tanta humanidade que o amor de Opala por ele foi demais para ela, e então ela finalmente cedeu e o levou até onde havia enterrado toda a louça.

— Que buraco grande — ele disse enquanto olhava para dentro. Era mesmo. Grande o suficiente para enterrar uma pessoa que invadisse a propriedade ou um aparelho de jantar para doze pessoas. — Sabe de uma coisa? Eu pensava que você ficaria maior. Mas acho que você já parou de crescer, não é? É assim que você é.

— Sim — Opala respondeu em inglês.

— Às vezes o jeito que você é dói pra valer — ele acrescentou, mas ela podia dizer que Adam tinha falado com carinho.

Parecia que tudo ficaria bem.

Mas nada estava bem.

A primeira coisa que deu errado foi a mulher nuvem.

Opala não fora ao banco por vários dias, porque tanto Adam quanto Ronan estavam em casa e ela não queria desperdiçar um minuto quando eles estavam em casa. Mas então Adam foi para o *não acredito que ele não consegue simplesmente fazer o trabalho sozinho tudo bem volto logo* e Ronan começou a trabalhar tediosamente no computador, de maneira que Opala saiu para explorar.

Era a hora errada do dia para a mulher nuvem, tarde demais, mas Opala foi para lá de qualquer forma, pois sentia falta de observá-la. Quando havia trilhado as árvores e chegado ao banco, o ar parecia sombrio e o córrego estava completamente negro, sem traço algum de branco, e soava mais alto que durante o dia. Toda a relva parecia cinza e negra e o musgo também parecia cinza e negro e o banco também parecia cinza e negro. A única coisa que não era cinza e negra estava no chão ao lado do banco. Era branca e nebulosa.

Quando Opala se deu conta de que era a mulher nuvem, gritou na linguagem de sonho antes que pudesse evitar. É que a imagem diante dela era tão errada que parecia um pesadelo.

Mas não era um pesadelo, era o mundo animal.

Opala hesitou do outro lado da margem por longos minutos, esperando para ver se a mulher nuvem deixaria de ser uma bolha branca ao lado do banco, lembrando a si mesma que ela era um segredo e tinha de permanecer um segredo.

Mas a mulher nuvem seguiu sendo uma bolha branca. Opala chutou o chão com os cascos e então rosnou um pouco. Finalmente saltou sobre o córrego. Avançou lentamente até a mulher nuvem, mas já sabia que não havia motivo para se preocupar em não fazer barulho. Não havia mais animalidade alguma na mulher. Havia só um pouquinho de um cheiro ruim e uma caixa de biscoitos caída ao lado. Opala conferiu se ainda havia biscoitos, mas eles haviam sido todos comidos, embora ela não pudesse dizer se a mulher nuvem os havia comido ou se teriam sido os esquilos.

Ela tocou o cabelo da mulher nuvem, algo que sempre quis fazer, e então tocou os tubos que entravam em seu nariz, e então tocou seu corpo de nuvem. Não era tão macio quanto parecia ao longe. Era bem sólido. Bem real.

Opala começou a chorar, balançando para a frente e para trás ao lado do corpo da mulher nuvem. Ela agarrou o chapéu, puxando-o para baixo sobre os ouvidos e os olhos, e soltou os guinchos penetrantes e estridentes que Ronan havia dito para ela não soltar agora que estava fora dos sonhos. Adam havia dito uma vez que eles eram tão altos que poderiam acordar os mortos, mas eles não conseguiam fazer isso, não quando testados. Este era o mundo animal, e coisas mortas não podiam voltar a viver aqui. Não era como quando Ronan era morto sem parar nos sonhos. A mulher nuvem não iria se reiniciar e reaparecer no banco da próxima vez que Opala viesse.

Opala odiava este pequeno mundo animal e todas as suas regras pequenas e limitantes.

Ela chorou e chorou até que ouviu vozes na mata, vozes se elevando, outros humanos, ainda cheios de animalidade. Atravessou de volta o córrego até seu esconderijo. Opala queria esperar para ver o que aconteceria com o corpo da mulher nuvem, mas sabia que seria mais difícil escapar dali quando os outros estivessem próximos. Não que houvesse muitas opções para o que aconteceria a seguir. Eles talvez comessem a mulher nuvem ou talvez a levassem embora, mas não fariam o que Opala queria, que era fazer da mulher nuvem um animal de novo.

Então ela se esquivou pelas árvores, chorando e se lamentando em sua cabeça, até estar de volta à Barns. Vaga-lumes passaram piscando enquanto ela abria caminho em meio à relva, mas ela não teve vontade de pegar nenhum deles. Em vez disso, foi direto para a varanda dos fundos e, para sua surpresa, Ronan já estava lá.

Ele não havia acendido a luz e assim parecia simplesmente outro pilar segurando o telhado até ela chegar perto dele. A coisa de sonho nele estava produzindo a mesma estática desagradável das últimas semanas, e seu rosto resplandecia uma luz noturna cinzenta, e Opala não gostava de como ele não se parecia exatamente consigo mesmo, mas não se importou a ponto de não caminhar até ele e abraçar sua perna.

Ronan deixou-a se prender a ele por um minuto, sua mão sobre a cabeça dela, e então disse em uma voz grave:

— Opala, você poderia buscar o Adam? Ele está trabalhando no carro dele.

Quando ela não se mexeu, porque o carro de Adam estava logo ali na frente da casa e assim Ronan podia ir ele mesmo buscá-lo, ele repetiu em latim o que tinha dito. Foi estranho, pois ele soou como uma espécie de versão antiga de si mesmo, o tipo dele com quem ela conversaria em um sonho, onde havia coisas que poderiam matar ambos. Mas aquilo não era um sonho; era a varanda dos fundos, com sua tinta carcomida, na casa da fazenda real.

Adam foi buscado. Quando apareceu no canto do jardim, ele disse para Ronan:

— Opala não parou de falar na minha cabeça, ou seja lá como você chame isso. Ela não desiste. Você realmente a mandou?

— Parrish — disse Ronan. — Tem... — Ele ergueu os dedos para revelar que estavam manchados de preto, como uma tinta preta. Não, não como uma tinta preta. Como o oposto de uma tinta branca.

— O que... — disse Adam.

Opala ouviu o barulho da coisa um segundo depois de vê-la. Era um som que não era um som, um som que sugava o som preciso da linha ley e o cancelava. Era nada e desfazimento, e ela se lembrava dele do pesadelo no outono passado. Era a coisa que quase havia destruído ela e Ronan, um monstro sem nome real. O medo começou a disparar de seus cascos até suas faces, todo o corpo dela ficando frio e trêmulo.

— Você sonhou isso? — perguntou Adam.

Ronan balançou a cabeça, e, quando fez isso, uma baba fina daquele mesmo preto escapou de uma de suas narinas.

Estava saindo dele. A última vez que isso acontecera, havia saído e saído e saído dele enquanto Ronan se retorcia em um carro, e havia saído de Opala enquanto ela se encolhia no mesmo carro. Aquilo estava matando Ronan, de maneira impossível e terrível, como em um sonho, embora ele estivesse acordado. O não som daquilo combinava na mente de Opala com o cheiro do corpo da mulher nuvem. Aquilo era demais e paralisou qualquer pensamento racional dentro dela.

Opala começou a guinchar alto. Motosserra batia as asas e começou a gritar também. Suas vozes se misturaram, inseparáveis e idênticas, e a verdade veio tristemente à tona: que eram ambas coisas de sonho não importava quão animais se sentissem, eram ambas coisas de sonho de Ronan, e a maior parte do que as fazia diferentes não passava de detalhe, e a maior parte do que as fazia iguais morreria se Ronan morresse. Isso era apavorante e grande demais para se conceber como sempre fora, e assim ela não conseguia parar de gritar.

O grito e o medo de Opala eram tão altos que ela não conseguia enxergar ao mesmo tempo, e, assim, foi com confusão que ela se viu do lado de fora sozinha. Foi só quando considerou a memória em retrospecto que ela se lembrou de Adam pegando Ronan bruscamente pelo braço e fechando a porta entre ela e eles.

Motosserra havia sido exilada também e ainda estava choramingando e batendo as asas ridiculamente. Opala foi dar um chute nela (Motosserra sibilou de volta) e então girou a maçaneta.

Opala não havia sido trancada para fora, mas não sabia se queria entrar. Ela não sabia se tinha mais medo *por* ele ou *dele*.

Após uma discussão consigo mesma, ela entrou engatinhando na casa, do mesmo jeito que havia feito quando a mulher invadira o lugar, sobre as mãos e os joelhos, sem fazer barulho, avançando furtivamente pelo corredor. Se estivesse em um sonho, ela teria buscado ficar de certa forma invisível. Opala conseguia fazer isso às vezes. Não havia razão para a escuridão saindo de Ronan se importar por ela estar visível ou não, mas parecia mais seguro se manter o mais em segredo possível. Motosserra se apressou atrás de Opala, não muito à vontade, mas preferindo ela à solidão e à incerteza. Opala prestou atenção para ouvir as vozes deles até descobrir que estavam na cozinha, então ela e Motosserra se agacharam bem na frente da porta, os dedos dela enganchados como nós no velho assoalho de madeira. Ela podia ouvir claramente a estática no ruído de sonho de Ronan.

— Eu não vou se isso não parar — disse Adam, e o coração de Opala explodiu de gratidão. Ela imaginou um outono em que o carro de Adam ficaria sobre os blocos e nada jamais mudaria.

— Nem fodendo — respondeu Ronan. — Você vai.

— Você deve realmente achar que eu sou um monstro.

— Nem comece. Merda. Você poderia...

— Meu Deus.

— Deus não vai pegar uma toalha para mim.

Adam passou apressado por Opala e Motosserra sem parecer notar as duas encolhidas junto à porta, então passou apressado de volta do mesmo jeito. O ruído de sonho de Ronan aumentou subitamente. Motosserra abriu e fechou o bico e Opala mirou o punho em sua direção para fazê-la ficar quieta.

— Por que isso está acontecendo? — perguntou Adam.

— Eu estava esperando que você me contasse. — O ruído de sonho de Ronan se distorceu e queimou Opala.

— Como *eu* saberia?

— Você sabe de tudo.

— Não sei... Talvez eu deva ligar para a Rua Fox. — Mas Adam parecia estar em dúvida.

— Sim, isso funcionou superbem da última vez.

A felicidade e a tristeza estavam crescendo em Opala, ambas ao mesmo tempo. Agora que não estava gritando, ela sabia o que estava causando o reaparecimento do desfazimento negro. Porque, apesar de preferir no momento ser uma criatura propriamente animal, ela ainda era feita de coisas de sonho. Além disso, ela não era apenas uma coisa de sonho, era uma coisa de sonho incrível, um psicopompo projetado para salvar Ronan de novo e de novo, desde que ele era um garotinho. Ela sabia como ela própria soava, enquanto coisa de sonho, e sabia como a linha ley soava, enquanto fonte de sonhos, e sabia como Ronan deveria soar enquanto sonhador. Opala sabia essas coisas do jeito que sabia o tempo inteiro que era uma parte dele, a manifestação de uma parte dele. Era essa verdade terrível que a havia atraído para outras coisas como ela e ao mesmo tempo a afastado delas.

Então ela podia salvá-lo agora.

Mas, se ela parasse o presente do derramamento preto, teria um futuro sem Adam. Ele havia dito: se aquilo não parasse, ele não iria embora.

Ronan de repente passou a passos largos por ela e Motosserra, tomado por tamanho propósito apressado que tanto ela quanto o pássaro recuaram. Mas ele não parou, apenas abriu a porta da frente e saiu da casa. Adam, Opala e Motosserra, todos se apressaram em segui-lo.

Os três pararam sob a luz obscura e amigável da varanda e observaram Ronan. Ele não estava na varanda. Estava ao lado de seu carro, que estava sobre as quatro rodas ao lado do carro de Adam, que estava sobre os blocos. Ronan tinha todas as portas do carro abertas. A luzinha interior parecia um único olho brilhante de algum tipo de criatura, e ela piscava às vezes enquanto Ronan passava de lá para cá na frente dela. Ele estava colhendo o lixo do carro, o que fazia muito raramente — com mais frequência era Opala quem tinha de fazer isso como punição —, e colocando os papéis e embalagens em uma sacola. Opala não compreendia por que ele estava fazendo isso com tamanha determinação. Ele jamais comia a colheita de lixo. Certamente ele não podia acreditar de fato que a colheita de lixo o ajudaria com o desfazimento. Mas ele continuava a puxar grandes punhados de papel pelas raízes antes de enfiá-los em uma sacola de supermercado.

— Por favor, Lynch — disse Adam.

Ronan capturou um recibo que dançava e girava pela entrada de carros. Eles eram deliciosos, mas às vezes as bordas cortavam os cantos dos lábios de Opala se ela os colocasse na boca do jeito errado. Ele o enfiou na sacola.

— Às vezes eu nem sei se sou uma coisa real. Por que não existe mais ninguém como eu?

— O seu pai. Kavinsky.

— Estou falando de pessoas vivas. A não ser que a moral da história seja que somos todos bons em estar mortos.

— Ronan. Que diabos você está fazendo?

Ronan colocou uma garrafa de refrigerante na sacola.

— O que você acha? Limpando o carro antes de você o pegar. Eu só quero que você vá, hoje à noite.

Adam riu, mas era uma risada que soava como socar o ar.

— Parece que você quer isso. É como se uma parte de você sempre quisesse isso.

Ronan passou a remexer no porta-malas, que era uma parte do carro em que Opala havia sido proibida de colher qualquer coisa. Ela havia tentado adivinhar o que poderia haver lá dentro, se empolgando com as opções mais aterrorizantes e terríveis (a sua favorita era que havia outra Opala ali dentro). Ela não conseguia ver o que havia no porta-malas agora, mas o que quer que fosse estava fazendo um ruído como um tagarelar metálico.

— Isso não é verdade.

— É como se você não se importasse se acontecesse, então. É como se você nunca tivesse medo.

O ruído no porta-malas parou. Ronan disse:

— Você já sabia que aquela parte de mim foi pro espaço há muito tempo, Parrish, e isso não vai mudar tão cedo.

Adam cruzou os braços. Ele estava ficando muito incomodado, e o coração de Opala estava explodindo de amor por ele, e, quando ela se segurou nele, ele não a afastou.

— Bom, eu não concordo com isso.

— Sorte sua que pelo visto isso não vai ter importância. — Ronan jogou as chaves do carro na direção da varanda da frente. Elas bateram com estrépito contra o degrau mais alto, onde ficaram. Ronan estava frequentemente perdendo as chaves do carro ao colocá-las em lugares idiotas, e Opala pensou que esse era mais um lugar idiota, pois ninguém pensaria em procurar as chaves na escada da varanda da frente.

Adam deu as costas e ficou olhando para a porta da frente como se fosse a coisa mais interessante. Não era, então Opala virou para Ronan, que afundou no banco do passageiro do carro e deixou a sacola da colheita no chão. O líquido preto escorria de seus ouvidos e encharcava o colarinho, e entre os lábios entreabertos seus dentes estavam cobertos dele.

Ambos cheiravam a muito medo, mas nenhum dos dois disse mais nada. O carro estava ecoando a primeira nota de uma canção, sem jamais seguir adiante.

Opala não conseguia suportar isso. Ela gritou:

— Kerah! Kerah! Kerah!

Ela foi até ele ruidosamente, os cascos chutando o cascalho. Ronan virou o rosto para o outro lado, mas Opala já vira todo o desfazimento que ele estava tentando esconder dela.

— Agora não — Ronan disse a ela. — Por favor.

Mas havia apenas o agora. Aquilo não era um sonho em que Ronan reiniciaria e sonharia de novo, não importava o que acontecesse. Aquele era o mundo animal, onde a mulher nuvem morreu e continuou morta. E Adam, que conseguia solucionar muitas coisas com soluções animais, jamais consertaria essa. Era um problema de sonho.

O que significava que tinha de ser Opala.

— Sonhe — ela disse para ele. Ela não gostava de olhar para ele do jeito que ele estava agora, com um líquido preto nos dentes e saindo dos olhos e ouvidos, mas já o tinha visto em situação pior em um sonho antes. Opala se sentou na entrada de carros de frente para Ronan.

Ele ainda não olhava para ela.

— Sonhe — ela disse de novo.

Quando ele não respondeu, Opala enfiou a mão no suéter. Ela não gostava de fazer isso, porque não queria ser punida. Ela seria punida por entrar no celeiro grande quando não deveria, mas, se tivesse de escolher — e Opala estava sendo forçada a isso —, preferiria ser punida a ver Ronan morrer para sempre e depois ela mesma.

Ela tirou o chumacinho da nuvem de chuva que tinha roubado do celeiro grande. Opala o apertou algumas vezes até que ele virou chuva de novo, então ergueu a palma da mão aberta na frente dele para que as gotas escorressem por sua pele.

Felicidade e tristeza os lavaram enquanto um trovão ressoava em seus ouvidos.

Os degraus rangeram quando Adam veio se juntar a eles. Ele se agachou ao lado de Opala.

— Achei que você tinha dito que não conseguia fazer chuva. Achei que essa era a razão pela qual você não tinha feito o lugar ainda.

— Eu consigo — respondeu Ronan, taciturno.

— Não entendo, então.

— *Sonhe* — disse Opala com urgência. Ela estava incomodada que eles não estivessem aceitando instantaneamente sua solução.

Ronan secou o rosto no ombro. Isso só deixou os dois sujos.

— Não consigo fazer uma Cabeswater tão boa quanto a outra.

Opala estava tão brava que pegou a sacola da colheita de Ronan e a jogou longe. Metade do conteúdo escapou agradecidamente e voou pelo jardim antes de ser parado pela relva. Ele jamais tentava conversar enquanto morria nos sonhos.

— *Sonhe!*

— Foi por isso que você parou? — Então Adam parecia ter juntado as peças, do jeito que ele sempre parecia saber quando algo era uma coisa de sonho, e virou para Opala. — Essa é a razão para isso estar acontecendo, não é?

— *Vos pot...* — ela começou, então se corrigiu: — Você não pode parar de sonhar. Sonhadores *sonham*. Ou então isso.

— Não — disse Ronan. — Não, eu já parei antes.

— Por tanto tempo? De propósito? Nada sonhado acidentalmente? Está acontecendo o verão inteiro, não é? Quando foi a última vez que você sonhou algo? — perguntou Adam.

Era um pensamento complicado demais para transmitir em inglês, mas Opala pensou consigo mesma que não importava por quanto tempo, de qualquer maneira. O tempo de sonho não funcionava do mesmo jeito que o tempo animal, ela havia descoberto, e então, diferentemente do tempo animal, com suas regras absolutas e marcha de soldados em frente, o tempo de sonho podia simplesmente terminar se parecesse que era isso que ele deveria fazer.

— Tudo isso porque você estava tentando fazer a nova Cabeswater perfeita? — perguntou Adam.

Ronan se inclinou sobre o console do carro e pegou a porta do motorista. Ele a fechou com uma batida e o ruído do carro finalmente parou.

— Qual o sentido de fazer de outra forma?

— Lembra o que você me disse perto do seu lamaçal? Eu pedi para você me lembrar. "Não vai ser o que você imaginou, mas vai ser tão bom quanto."

Ronan suspirou. Ele fechou os olhos.

— Gostei mais disso na hora em que falei.

— Aposto que sim.

— Eu devo sonhar algo neste instante?

Opala ficou contente por ver que ele estava lentamente virando seu barco na direção da costa de soluções. Ela pegou a mão de Ronan e a agitou.

— *Sim.*

Sem abrir os olhos, Ronan perguntou:

— O que eu vou sonhar?

O alívio de Adam choveu da nuvem de sua voz:

— Sonhe um conserto para o calhambeque, para que eu possa ir e para que eu possa voltar. E depois sonhe uma nova Cabeswater. Não precisa ser como a outra. Apenas tão boa quanto você conseguir.

A felicidade e a tristeza aumentaram em Opala, embora ela tivesse esquecido onde colocara o pedacinho de chuva que havia roubado. Talvez tenha sido apenas sua própria felicidade e tristeza a respeito de as coisas estarem indo bem e mal ao mesmo tempo, a respeito de

Adam ir embora e Ronan ser salvo e Adam voltar de novo. Era engraçado como um sonho continha realmente apenas as partes absolutamente melhores e piores do mundo animal. Opala andara com tanto medo do absolutamente pior que esquecera como sentia falta do absolutamente melhor.

Ela não tinha mais medo da promessa de uma nova Cabeswater. Sempre quando estava em um sonho, se sentia tão mais incrível.

— Sim — disse Opala. — Porque eu quero ir para casa.